# O Fio de Cloto

## Contos

Dados Internacionais de Catalogação na Publicação (CIP)
(Câmara Brasileira do Livro, SP, Brasil)

Mariella Augusta
O fio de Cloto : contos / Mariella Augusta. —
São Paulo : Ícone, 2004.

ISBN 85-274-0800-7

1. Contos brasileiros  I. Título.

04-6035                                      CDD-869.93

Índices para catálogo sistemático:

1. Contos : Literatura brasileira     869.93

*Mariella Augusta*

# O Fio de Cloto

Contos

icone
editora

© Copyright 2004.
Todos os direitos reservados pela autora.

**Capa**
Mariella Augusta
Montagem sobre "A fiandeira" – after Millet –
Van Gogh, set/1889 – Saint Rémy
Óleo sobre tela, 40×25,5 cm, coleção particular
Fonte: *Van Gogh*, Taschen

**Diagramação**
Andréa Magalhães da Silva

**Revisão**
Rosa Maria Cury Cardoso

Proibida a reprodução total ou parcial desta obra,
de qualquer forma ou meio eletrônico, mecânico,
inclusive através de processos xerográficos,
sem permissão expressa do editor
(Lei nº 9.610/98).

**ÍCONE EDITORA LTDA.**
Rua Lopes de Oliveira, 138 – Barra Funda
CEP 01152-010 – São Paulo – SP
Tel./Fax.: (11) 3666-3095
e-mail: iconevendas@yahoo.com.br
editora@editoraicone.com.br
http: www.iconelivraria.com.br

A meu pai.

*"Vivere tota vita discendum est et,*
*quod magis fortasse miraberis,*
*tota vita discendum est mori ."*
Sêneca – De Brevitate Vitae.

# Sumário

Apresentação, 11
Advertência, 13
Atrás do *art noveau*, 15
Febo, 19
Brios, 23
Cadência de engano, 29
Menininha, 33
Assum preto ou o beijo de Klimt, 35
O velho, 39
Lucrécia, 43
Língua, 45
Terezinha de Jesus, 47
Correspondência, 49
O espinário ou uma história de sinestesias (uma alegoria), 51
A sombra, 55
Do que ouviu Horácio, 59
Cérbero, 63
Judite, 67
A última piada, 71

O homem de gris, 73
Especulação sobre Deus, 77
Posfácio, 79

# Apresentação

Descobrir talentos, inatos ou não, e até genialidades representa um desafio para o próprio detentor e para os que o rodeiam. Muitas aptidões excepcionais não desabrocham por falta de oportunidade, de um toque inicial que as tirem da imanência, como a gota de chuva aciona o milagre trivial do irromper da semente.

Os contos que o leitor saboreará a seguir, perfazem surpresa agradável, por vários motivos, em meio à grande massa, freqüentemente medíocre, de narrativas, crônicas e outras do gênero. Destaca-se o vocabulário rico e adequado, com laivos originais e transparentes à maneira de Guimarães Rosa, o que se me afigura excepcional entre uma geração mais afeita, em matéria de léxico, a melodias de uma nota só. O jogo preciso dos termos cria antíteses e sinestesias, metáforas e metonímias altamente poéticas, mesmo em prosa, arte literária que o leitor comprovará. Entretanto, o colorido e sonoro aspecto formal seria apenas parnasiano, se não constituísse o revestimento de uma cosmovisão humana e equilibrada. O conteúdo aflora uma sensibilidade refinada, uma capacidade de observar e analisar, de modo pessoal porém objetivo, as "coisas" recorrentes, às quais raramente se dá atenção: o encanto das flores, o colorido e o trinado dos passarinhos, a poesia e o significado da chuva, a errância das nuvens, bem como os perenes anseios e vicissitudes humanas, com audíveis ecos do refinamento cultural greco-romano. E nas ruas da cidade, selva de pedra, intui o drama de cada rosto, o complexo humano atrás de portas e janelas. Mergulhos nesse complexo humano são freqüentes, induzindo à meditação na tentativa de melhor compreender o humano: seus anseios, suas esperanças, seus delírios, frustrações e derrotas, sua vida e sua morte – inelutável.

Dessarte, este volume, que se espera seja o primeiro de vários outros, deve ser lido com vagar para as devidas inferências axiológicas dos autênticos valores humanos, hoje tão menosprezados e até invertidos. Ver-se-á que o caos humano não é, como nunca foi, absoluto, que nos grandes desconcertos destacam-se suaves melodias e que primorosas flores podem brotar nos paúis mais pútridos.

*Bruno Fregni Bassetto*
*Filólogo e Professor*
*da FFLCH-USP*

# Advertência

Espero que meu leitor seja tão desocupado quanto o de Cervantes. Não que aqui vá um filho tão magro e triste quanto o dele, mas porque vai um filho magro também. Com toda a beleza e força que sua fragilidade ensejou. Que nesta acolhida o leitor guarde a observação de que isto é a minha profissão de fé. A profissão de fé de uma pena, perdendo-se e encontrando-se entre o verso e a prosa, uma pena que acredita que o valor semântico cobre qualquer moeda que o delírio poético engendrar. Qualquer imagem serve à verdade.

*Mariella Augusta*

# *Atrás do* art noveau

*Para Chico*

Atrás de minha casa morava uma sombra. Era uma grande casa, esparramando-se em janelas e varandas por todos os lados, tingida por um branco emprestado, um branco cuja castidade perdera-se toda, na expressão mortuária do verde e do cinza, nos desenhos aterrorizantes que o pincel dos dias, enlouquecido, escorreu por seu corpo.

Lá fora, diferentes níveis quebravam perspectivas. Lá fora, em silêncio, cresciam murtas e ciprestes. Era um lugar de doce frescura, onde o início do século congelara sua competência de ser agradável; onde qualquer um, acredito, se deixaria ficar exercendo preguiça e tranqüilidade, esquecido pela urgência e pela vida.

Atrás dessa casa morava uma sombra. Quando morta a claridade, era certo vê-la. Talvez só a visse à noite... talvez, pois o tempo com insistência e êxito tem amofinado minha memória. Por várias vezes a fiquei esperando, com os olhos pesados, suporte de sono e medo, a fim de vê-la passar e passar e passar, dividindo com ela a agonia de uma noite sem destino.

Assim as horas mortas voltavam à vida por arte desta presença singular que não ouso definir – quem me acreditaria? Que, por sua forma inumana, causava pavor e curiosidade. Que, em vigília da escuridão, era também vigiado. Que, se movendo no escuro em calada peregrinação era leve, leve como a lua suspensa no céu, como a infinidade de estrelas prontas para cair. Leve, para não despertar os que em sua vida dormiam.

Levava na carne a cor da noite e andava sem fim, sem tropeços num caminhar atrevido, circense. Donde quer que surgisse, era sempre a mesma – elegante, silenciosa, sombra.

Nunca gozamos de intimidade. Poderia dizer que com a distância afastávamos demasiadas alegrias e incondicionais tristezas. Mas como ninguém há para testemunhar o passado, devo confessar que sua notável presença apenas desconsiderava a minha intromissão. Eu a admirava e ela era o objeto. Casamento morganático. Amor verde que eu não tencionava sazonar.

Ainda posso me lembrar a primeira vez que minha fantasmagórica hóspede me notou. Protegida pelo compacto *art noveau* de minha janela e pela guarda de minha mãe, ousei acender a luz. Ela então se voltou, sem forma, sem susto ou ímpeto. Talvez por simples respeito àquela que, se lhe faltasse, não teria vida a minha sombra. Experimentei com ilusão um gesto de entrega, iria com ela até as profundezas donde se agitara – a tola submissão dos que amam. Nunca mais o fiz. Compreendi sua discrição. Não existia. Estava diante de mim algo que nunca vira, que não precisava de calor, de generosidade, de comunicação. Mostrando que, ali, solidão não equivaleria jamais a sofrimento.

Depois do dia tornar-se estéril, eu pensava no meu rebento da escuridão. Temia que me faltasse. Porque noites havia onde sua liberdade o furtava de mim. E em muitas dessas passagens de abandono ouvi aqueles gritos atormentados. Gritos disformes, variados, soltos, verdadeiros. Um grito tão agudo que em sua rápida travessia cortava os ares brilhando e doendo.

Por mais que isto pareça desobedecer à austera lógica, o amor reinventa o tempo. Portanto, não posso precisá-lo. Sei que se desprendeu de nossas vidas como pecúnia daquele que deve. E, enquanto correu para o nada, eu estive imóvel, retendo minha imaginação, guardando-a em único recipiente, esquecendo-me que deveria seguir ilimitada, vaporosa. Eu havia interrompido meu pulso, sentenciado-me à sucumbência. Cala-se quando se descobre menor. O amor é este entendimento.

Pavorosamente, um dia, exibida ao sol, estava a minha sombra. Os olhos estrangulados, a pele coberta por veste hirsuta, o sangue secando em sua boca arregalada. Materializada pelo toque obsceno da morte. Trazida a meu testemunho, nua, desmascarada. Vendo-a assim, tão improvável, compreendi que a melhor maneira de amar era de lá, de trás da janela.

# *Febo*

O sol queima tudo no sertão. As gentes, os pássaros, as folhas, a água. Come tudo feito os decompositores da cadeia. Não é verme, nem peste ruim. É sol. Onde quer que a vista pouse, o que se vê é sol. Tudo morre na caatinga. E de toda a caatinga, lá pra oeste da Serra da Jumenta, nas terras batizadas de Desengano, é onde a seca é mais cruel.

Vez em quando o silêncio é cortado por um mosquito, zumbizando um vôo vertiginoso. Vertigem de morte. Ou um galho cai de podre, cai de seco. A algaroba vai se desmanchando lá no fundo do horizonte. Faz tempo, nem calango, nem sarará passa por ali. Não passa mesmo. É por isso que o Zé das canoa vai morrendo à míngua junto à sua prole.

De manhãzinha, quando o primeiro raio de sol atravessa a frincha da janela e vai escorrer no rosto baio do Zé, ele sente um aperto no peito. Abre os olhos mas não se alevanta. Fica olhando, tristonho, a mulher e os filhos. Era tão formosa... todo rapaz daquelas bandas queria ter Avelina... mas ele achava mais que boniteza na moça. Gostava era de ver seu dente branquinho rindo pra ele quando entoava uma canção.

Gostava de sentir seu cheiro de terra doce, que por muitas vezes deixava as noites claras ou atrapalhava seu equilíbrio em cima do rocim.

'E tinha também o Quinho. Inda bem que o ar aqui é parado feito mula que empaca, porque, do contrário, corria risco de uma ventania, que nem carece ser tão braba, carregá-lo pro infinito. Tão magricela. Tão miúdo. Nem se notaria a desgraça, porque no menino a voz não vingou.

Quando olhava a menina é que era o nó. Os olhos se arreviravam de dor e um suspiro desassossegado fugia do peito igual a choro de mãezinha. Mas não era mãe não. Era o Zé das canoa, que naquele ano em que a seca chegou, viu a filha Rosa juntar os pertences e ir pra vila pra modos de trabalhar na venda, fugindo da fome. Ia nada. Iria era borrar a cara, encher-se de perfume e se deitar com os jagunços por dinheiro torto.

Depois desses anos, como a chuva não veio, ela voltou. Enfeada, murcha, gasta. Trouxe bilro e chita pra mãe vestir, trouxe víveres e bagaceira. Trouxe um riso sujo de poeira e de vergonha. Então o pai descobriu que todo homem tem seu preço. O diabo era olhar para a filha, porque isto lhe abria um cantinho do coração, onde não cabia outra idéia. Só aquela tristeza grande de não ser tão homem, de não pagar sozinho pelos seus pecados.

À noite, quando a lua ficava alta, vinha encontrar nosso homem das canoa igualzinho tinha deixado – cismando de olhos arregalados, esperando o firmamento se precipitar.

Por tudo isso, um dia se resolveu. Passou toda a tarde cavando, na árida terra, um buraco do tamanho de sua angústia. E a mulher, meio feliz, meio triste, dizia pra ele parar. Porque ali não adiantava fazer poço não. Mas ele parecia tão endoidado que deu de ombros. Quando escureceu parou.

E na madrugada, ergueu-se de sua rede e foi até a mulher. Beijou sua boca com um beijo pesado, enquanto à faca fazia um sulco do pescoço ao ventre. Depois furou o menino e furou a menina.

Umedeceu, jogando os corpos ensangüentados, a terra da funda cova que confeccionara. Fê-la assim, tão funda para protegê-los do sol.

Rezou muito e foi descansar.

Esperaria, expiando seus pecados, a morte. Então encontraria Avelina, mais Quinho, mais Rosa, brincando por entre as brisas do céu.

# Brios

Nada disso. Lembro-me que foi o que disse, agitando os pés na água para se levantar. Antonio olhou-me, nem tanto ofendido quanto surpreso. Nenhum embaraço nos impediu de ficarmos enquanto o mirávamos, seguindo para casa, molhado pelas brincadeiras e pela indignação.

Estávamos de fato interessados ao que nos propusemos. Surgira de um desejo, e não havia razões para cerceá-lo. Era como argumentava flacidamente ao olhar, sob meus pés, o reflexo cambiante. Antonio não tinha argumentos, tinha o desejo. Ficamos no lago durante horas desenhando e redesenhando nosso engenho. Princípio, meio... e o fim? Qual era o fim? O fim era o ato, nos dois sentidos que se pode dar àquela estranha palavra. O fim eram as mãos realizadas.

Criou-se assim, pouco, sem grande expressão, sem saber que passaria para a verdade, o sonho ímpio. Veio até aqui e ficou dormindo, no escuro, para que a luz não o queimasse. Foi dormir agitando-se, sem regaço, e jamais tornaria ao nada. Promoveria a mudança como todo parto.

Encontrei com o Matias no outro dia. Nossos olhos estavam pregados no verde cintilante das bolinhas, e rolavam com elas e paravam com elas. Estávamos deslizando na indelicadeza do solo áspero, encostávamos em irmãs roliças como uvas em cachos e assim segurávamos o timão para que não naufragássemos, para que não nos perdêssemos. Quando ele chegou, saímos do curso, que nos apagara, e voltamos a nos colorir. Matias reconheceu-me e despencou do cacho. Foi rolando lentamente para dentro de si. Mas riu para Antonio e fez-lhe um gracejo. Como que reconhecendo até onde poderia ir dentro de si, como que compreendendo a fragilidade desta assunção. Eu o recebi como se recebe a um partícipe, a um irmão. Logo a estranha sedução do nosso amigo nos reaproximou.

— Já deste o livro a Pedro?

— Ainda não... estávamos...

Disse palavras que não correspondem à verdade do solo áspero. Que não posso sequer ligá-las à idéia de que nos continha. Andamos um pouco e nos distanciamos dos outros. Na outra calçada, transformei-me em enormes páginas que se agitavam ao vento, como quando mãos apavoradas tentam detê-las. Assim não as pude ler. Não pude ler a mim. Andaram por longos minutos enquanto o livro os seguia, ou ainda, criava vida com seus passos, preenchia-se em folhas estabanadas. Logo me fecharam.

— Ontem foi logo para casa... Cansou-se da brincadeira?

A ironia, claro, não me espantou...mas me fez titubear... não saber até onde meu entendimento teria ido. Matias balbuciou alguma admoestação e olhou-me. No fundo de seu olhar, havia um ponto – um ponto final.

Mais tarde conversamos a sós. Esclareceu-se de maneira obscura, mas logo me tornei um *felix cattus* e pude ver. Suas cifras nebulosas existiam para que eu me perdesse, assim como fizera com Matias. Porém falava. Verdade que, atrás de cortinas, mas sabia que eu poderia ver sua voz enigmática. Deu-me assim a escolha de compartilhar, e deu a si a oportunidade de reconhecer-me.

Confesso que este momento em que de fato aceitávamos a coisa, em que lhe dávamos um útero...pensei no fruto que pretendia guardar...e logo, porque tudo remete a nós mesmos, pensei no colo que lhe daria forma...O porquê indisponível daquela proteção...do que em mim aquele filho se alimentaria...

Mas eu amava a idéia de Antonio, e ela era para mim atraente como a lua brilhando, como uma mulher bonita solta nos suaves grilhões da rua. Portanto, estava por natureza definido que não seria o meu colo, eu apenas apadrinhava a criatura.

Como a tudo, o tempo embalou também aquela estranha gestação... Ficamos suspensos como a aranha ao tecer sua armadilha, delicadamente escorregávamos por nossa trama, enquanto a presa dormia sua vida tranqüila. Com nosso sentido aracnídeo a fotografávamos, tão presos quanto queríamos prendê-la, tão fadados quanto queríamos evitar...

E o que posso falar dela... senão que era um inseto que nos despertava a fome e a visão multifacetada; que nos transformava em predadores e que, nos tornando oblíquos, distanciava-nos da retidão de Matias. Que nos preenchia alguma lacuna que não nos era dado saber, pintando com luz um quarto de janelas sempre cerradas, de umbrais que não se atravessam, onde um véu cobre o sono de nós mesmos.

Encontrei-me com Matias naquele dia sem trabalho, em que as pessoas querem viver, mas acabam perdidas. Viver, este espontâneo exercício, pode se tornar uma tarefa muito difícil, sobretudo quando devemos defini-lo no livre de nossas possibilidades. Mas estamos no mundo à semelhança dos insetos, que ainda rastejam após a ecdise, estamos inevitavelmente presos a uma verdade íntima, que a tudo despreza. Então conseguimos.

Antonio havia viajado com seus pais e pude ser aquele alguém que nunca havia sonhado – Que nunca tocara os dedos de fogo do desafio, que vivia em legitimidade, a legitimidade de um menino. Agarrei-me à seriedade de meu amigo, ao seu amor pelo justo, pelo que vincula um homem a outro...

Explicou-me de maneira sentida, sem toda a consciência que agora narro, esta proteção que a vida dá à vida, fazendo de alguns guardiões dos desejos da natureza, da sua força preservadora, ou ainda, seus escravos. A esta última idéia, das correntes invisíveis que compulsoriamente nos civilizam, desgarrei-me do cacho... parece-nos impossível que alguém sonhe com o que não é belo... parece-nos impossível que alguém acredite em seus próprios sonhos, livre dos vícios que a humanidade tem incutido nos que nascem... sonhar é um vício, não devemos esquecer... Mas há sonhos mais viciados – os sonhos dos outros. Que dignidade há neles?

Pago com meu corpo a dor que dele se alimenta, lavo com meu sangue a sujeira que faço, doarei para esta terra, que vejo agora fresca, a minha pálida integridade... mas há uma insistência, que não compreendo, para me tomarem o governo de meu destino. As mãos, que insistem pelo leme, dormirão uma só noite o meu sono? Temerão por mim a chuva danosa que não vejo atrás dos montes mais elevados, mas que ao longe me dá notícias de sua desavergonhada chegada? Por que querem a mim... por que não me deixam livre para acatar a minha solidão sincera? Quem era aquele que, não levantando em mim, ensinava-me como deitar? Era hora de ir para casa.

Contei a Antonio, tão logo voltou, a aversão que Matias sutilmente demonstrou. Nada poderia demovê-lo...

— Não tem sequer uma preocupação? Não teme que nos delate?

Olhou-me estranhamente... Nunca sabíamos o que pensava e, se soubéssemos, deveríamos avaliar a verossimilhança... Porque poderia ser apenas a verdade com a qual pretendia nos cegar.

Dias depois que fizemos o que desejávamos... ainda sinto o cheiro de seus cabelos longos molhados pelo sal da tristeza...

Dias depois, Matias deixou de falar comigo, mas se manteve cordial para com Antonio...toda a vila estava transtornada pela fatalidade que sucedera nosso ato. O corpo frágil e mórbido havia sido encontrado estendido sem vida no chão da praça. Foi então que ele percebera. Certamente o deixara público para que a víssemos, para inaugurar em nós a roedora culpa por sua insuportabilidade, por seu desconforto letal. Passamos a observá-lo todos os dias a rodear a igreja, hesitando em admitir sua negligência ao nos entregar. Hesitando em apagar toda a vida pretérita de gentilezas e bondades, que o faziam conhecido.

Mas, como era de fato bom, sabia que também pecara, que na rigidez daquele corpo sem volta estava o seu silêncio. Teria contado a alguém, se não tivesse sido encontrado lívido e túmido na serenidade das águas do lago. Associaram de diferentes maneiras os dois incidentes, mas nunca esbarraram na verdade.

# Cadência de engano

Seu pai mesmo não era. Mesmo porque já lhe tinham contado. Até escrito já estivera. Escrito em batom vermelho de raiva, que foi riscado no aço de um espelho bem eloqüente. Que não era seu pai, sempre soube, mas também sabia que lhe permitiu ficar. Pelo caminho, meio torto, como vizinho, como um amigo sempre novo, como um bastardo.

Pôde rondar sempre. Rondando e espiando quase sem legitimidade, como um pequeno miserável farejava o cheiro de felicidade que parecia exalar do coração de um pai.

Sobretudo, havia sido ele que o deixara chegar ao mundo, ainda que tenha lhe furtado a mãe – única coisa que sabia sua.

E uma vez no mundo, recebeu do senhor de sua vida e de sua morte, a graça de ser criado por três senhoras das quais os celibatos deixaram as mãos castas – enluvadas com um amor nunca antes despendido. Esta graça, que muito se assemelha àquelas que os deuses pagãos ofereciam aos mal nascidos heróis de seus divertimentos, se renovaria tempos depois, quando o mesmo senhor ofereceu-lhe um daqueles trabalhos que as crianças podem exercer. Sagrou-o, para a sua sapataria, como "o pequeno carregador" de coisas úteis ou queridas, que deixadas ali ou acolá, nunca podem ser recolhidas, mas sempre entregues, por disposição própria de suas naturezas.

Não era pai, mas para o pequenino que nada tinha, nem mesmo um pai, chamá-lo assim estava bastante. E viveu assim, sentindo os cheiros de um quase.

Até que um dia exercendo muito honrado e agradecido a função para o qual fora designado, ouviu algo que subitamente o promovia a outra situação. Ouviu aquele homem, acima de todos os outros, enquanto manipulava linha e agulha, falar-lhe, em convite, sobre o espetáculo do circo que havia pedido seus préstimos.

Como dizer para aquele que o convidava, entre os cheiros da cola e da lona, que mesmo ali, no meio de sapatos apertados e carentes, estava o paraíso? Que sua simples presença coloria o desbotamento da trama e dava vastidão àquele par de portas que os libertava. Que só a lona, sendo costurada entre as mãos daquele pai, eleito ou sobejado, desprovida de sua extensão, consistia nas franjas do céu. E que, portanto, seu convite era o êxtase de uma alma que ascende sem saber para onde, mas certamente com fé.

Não sabia como dizer e por isto não o fez. Então, por culpa deste silêncio, acertaram hora e lugar.

Inesquecível par de horas, aquele que o sol espelhou na terra batida da porta do circo sobre os pés do menino num canto qualquer da ansiedade humana. Estava lá desde a hora que se sentiu sufocado e obrigou-se a ir muito adiantado para o encontro. Saberão os estudiosos da ansiedade que condena as crianças?

O menino avistou-o de longe e tremeram-lhe as mãos, as pernas, os olhos e o peito. Mas ficou bem à vista, porque não era de correr riscos desnecessários. Talvez por respeito, ou mesmo pela timidez que já lhe podemos conferir, não foi ao seu encontro. Jamais poderia imaginar o risco sem precisão em que incorria.

30

E se lhe contasse, leitor, que o tal homem passou pelo menino como se passasse por uma das estacas que faziam a armação do circo – passou e entrou sozinho, você me acreditaria? Acreditaria que há tamanha ignorância nas gentes capaz de machucar mesmo as almas pequeninas? Ou que pior que a ignorância, fosse o egoísmo, a maldade ou a vingança os vilões deste desfecho. Acreditaria-me?

Sou obrigada a pensar na negativa para esta resposta. E então como aquele que não vê a aquiescência para seu crime, que não encontra a permissão para levar, do mundo das vergonhas até a pena, este episódio ímpio – percebo que não posso lhe contar a verdade. Deixo-o então sonhando com a elegância de uma generosidade desinteressada, ou ainda mais gentilmente, com aquela elegância que caminhando sob as estrelas, compreende que sua dignidade está subordinada a dos outros, que também caminham abaixo delas.

# Menininha

Ela ia caindo, caindo, caindo...solta no ar. Como nunca houvera caído, não sabia como cair. Mas isto não era coisa para se preocupar, pois estava privada de qualquer poder. Ia sentindo o vento balouçá-la como uma cantiga de ninar que a levava ao sono.

O sono era aquela coisa desconhecida de que ouvira falar, mas tão entretida estava com a brisa, o orvalho e o dia, que não se dera conta. As outras lá em cima entretinham-se agora com a sua queda. Estavam apiedadas como se a queda não lhes fosse inerente. Como ela esteve um dia.

Mas agora era hora de cair. Logo que nascera, logo nos primeiros momentos, não sabia o que era cair. Sabia que era de certa forma perder a beleza. Perder a integridade. Mas era muito nova. Agora, na inexatidão do vento, perplexa, sabia.

Isto porque chegava à conclusão. Havia desfrutado o todo. Criaturas aladas repousaram no seu limbo, conhecera o silêncio da alvorada, sentira o gozo da manhã escorrendo por seu corpo preguiçoso e temera a escuridão de cada noite. E, embora parecesse estar se preparando, não compreendia o golpe, porque amara o que vira.

Desejava entrelaçar-se às outras, como crianças correm para os colos das mães nas grandes tempestades. Não queria estar lá tão só. Na pior das solidões. As outras estavam lá em cima também sozinhas, mas sozinhas de uma solitude que se preenche, que vai colhendo encantos. Sua queda mesmo representava tais encantos. Ter piedade nos cerca de uma certa beleza, nos protege do olhar que olha para dentro.

Um pouco mais de amor talvez lhe tivesse aumentado a importância. Mas estavam todos tão plenos, tão cheios de suas chuvas e de seus luares, que para tanto seriam necessárias muitas coincidências na trama dos desencontros. Ficou muito difícil se ceder. A única coisa que lhe restou deles foi o pecíolo, mas dela não ficou nada. Ou melhor – um leve orifício que não chegava a tocar o coração. Um lugar a ser recuperado para continuar, de par com o sol, a fazer aquela elaboração perfeita, alimentando o caos que nunca se perfaz, que nunca se basta.

Ia caindo... caindo e lá embaixo a dureza roxa era uma imensidão devoradora. De repente parou. Logo os pequenos seres arrastaram-na para esquartejá-la sob a terra fria.

# Assum preto ou o beijo de Klimt

Os dois homens simplesmente tergiversavam. Talvez porque lhes parecesse assunto complexo. Um modo de ver, um dia passado, uma ocasião em que se negaram ou que se afirmaram – uma frase lida acolá – coisa qualquer os tirava da pureza.

De início nada compreendi. Alguma coisa os havia encontrado, e qual fosse os incomodava. Não eram os agentes porque, embora muito se soubesse do fato que me era desconhecido, pouco, em verdade, se sabia. Enquanto o bonde ia deslizando pela tranqüilidade de seus trilhos, inquietavam-nos o ser e o tempo, o homem que não se insiste, o que se abandona ontem e amanhece sem as marcas de si. Tenho um gosto peculiar por ouvir conversas alheias, logo passam a me pertencer. Talvez, por isto, por um dos lados que seguiam com vontade e verbo, encontrei a encruzilhada, e do remoto tempo de minha infância reconheci a estrada certa.

Como era verde pela tardezinha, e como o sol a dourava de manhã, como o cheiro do alecrim entrava pelas narinas com a força de um descongestionante e deixava saudades dos metros percorridos. Era uma longa estrada por onde se chegava ao nada... embora plantas cochichassem as notícias do vento e os bichos rastejassem, era o nada... a impressão do nada se dá com a ausência de uma inteligência, da percepção e da sensação do que existe... e lá havia o silêncio, ou ainda uma vida que não reconhecemos.

Foi lá, para adiante do Arraial do sapé, que Aninha foi feita mulher... ou antes, foi lá que o belo Joaquim a olhou nos olhos tão dentro quanto se pode olhar, e ela sentiu uma aflição gelando o peito e queimando o corpo, abrindo um buraco tão grande quanto o céu lá em cima. E quando ele a olhava, seus olhos de tanta beleza fechavam de dor. Não sabia o que estava fazendo, nunca sabemos. Mas sabia que seu riso era a vida daquele lugar, e aquele lugar era o mundo. Depois se deitava sobre a vegetação e ficava dardejando-o com doçuras e gratidão, pensando na flor que aos poucos exibia as suas pétalas. Ele a tomava pelas mãos e voltava para casa.

Ela nunca voltava, passava seus dias e afazeres a reviver o cheiro do capim e da terra e do amor. Apenas esperando a hora em que ele deixasse a lida e subisse o monte e ganhasse a estrada, onde então já estava com seus cabelos alegres dançando no ar como os laços do vestido. Tinha sempre que explicar à velha mãe por que escolhia roupa bonita para passear pelas tardes. Sabia que precisavam esconder o que faziam, mas nunca entendeu porque nele não havia aquele deslumbramento, porque em presença de outros não lhe dirigia aquele olhar sem par, aquele querer arfante que de tão vivo a tomava.

Jamais compreenderia o que conversavam aqueles homens que eu ouvia agora. Sabia apenas que seu amor estava encravado como preciosidades em rochas, encarcerado nas suas entranhas, sugado vez por outra pelos infindáveis olhos de Joaquim. Não sabia que um tempo os circundava como redemoinho.

Um dia ele se foi... foi para o mundo... o que era o mundo senão aquele canto de terra onde, tão-somente lá, havia vida... – não, Aninha, o mundo é um lugar para se viver muitas coisas,

36

ganhar o pão dado pela sua terra. Não recompensa pelo suor derramado em chão que não é seu... o mundo é a transformação de onde não se pode fugir. É um dia matando outro no seu nascimento perpétuo... não posso ficar... e um dia volto para ti, para te buscar.

Pois Aninha passou o resto dos seus dias parada. Vestia-se com sua roupa de fitas e passeava pela estrada. Deitava-se no capim e cerrando os olhos esperava que ele chegasse de repente com os seus sonhos enfiados no bolso. E neles um cantinho seu, que havia jurado levar consigo, imaculado, como a fizera prometer-se.

Os homens falavam das necessidades e das vicissitudes, do rodopiar a que estamos entregues como presas, ou como laureados. E eu a via como a vi menino, caminhando pelo monte, cheia de responsabilidades e votos... linda como a tarde, coberta pelo véu leve da esperança... como a amei, como a teria amado. O quão forte a impossibilidade torna todas as coisas...

Seu segredo era conversa rotineira nas bocas velozes e incessantes de nossa terra. Seu segredo era, para o jovem Joaquim, uma história para distrair os amigos. E para seus amigos, uma nota a ser publicada. Quando se deu conta do falatório, não chegou a ser tocada. Continuou a sorrir pelos campos a sua espera, protegendo a beleza que o cativara da sede febril que a consumia, da sofreguidão infinita que secretamente a definhava. Quando caçoavam dela, caçoavam de uma dor que poucos suportariam.

Nunca desesperou, o véu sempre a cobriu... quando a lua surgia no meio da claridade, ela se levantava e pelo caminho ia ouvindo uma música lânguida, que chamamos ordinariamente de passado. E seus lindos acordes vibravam por seu corpo retomado, como se cordas estivessem presentes tal qual o vazio que a entontecia.

Até o seu último dia o esperou. Nunca entrou na casa santa do Senhor para purificar seu amor pecaminoso. Nunca se tornara dona Ana. Nunca gerara em seu ventre a graça que seu nome e de seu amado fez a fé sonhar. Disseram as línguas velozes que seu derradeiro suspiro foi acompanhado de um derradeiro olhar para a porta onde o padre acabara de sair.

Queria gritar aos cultos senhores do bonde a resposta que não conseguiam mirar. Sim senhores, eu conheço alguém que manteve a sua palavra. E ela jaz agora sufocada pela terra e pelo tempo de que falam. E posso afirmar que, dos subterrâneos a que estamos fadados, ela doa seu amor inesgotável para as flores risonhas que por sobre ela, que por tudo isso, não cessam de medrar.

# O velho

Era um velho. E esta frase de súbito remete a várias idéias. A idéia prima de uma cara murcha e sem sonhos, a idéia de dias que se foram, de tardes que caíram numa noite infinita. Como tantos outros planejou o futuro. Mas o futuro é coisa que não se planeja. Quando o velho ainda não era velho, como flor que acaba de desabrochar, desconhecia a aridez do verão e as forças intempéries, mas agora muito delas sofrera.

Ele gerou uma prole. E dela cuidou como melhor pôde fazê-lo, até que pudesse andar sozinha. Quando lhe faltou a mulher, ele estava mais perto desta do que estava dos vivos. E os vivos eram tão responsáveis, por esta proximidade, quanto o próprio fim iminente. Embora não soubesse, ele era como a cristaleira deixada por tia Carolina, que ninguém queria na moderna mobília.

Mas ele tinha filhos. Dois homens e uma moça. E afora o zelo que se atribui às mulheres, aquele vento materno vindo das encostas do útero, atribuíram-lhe também a manutenção do pai. Fizeram-na depositária. Mas logo se acharam outra vez, um em presença do outro, juntados como retalhos pela força da linha e da necessidade, reunidos para encontrarem solução mais apropriada. Isso porque a moça estava na hora dos desejos, considerando que haja uma para os agradecimentos.

Já o velho não se definia pelo tempo. Só restava-lhe o tempo de dentro, o de sentir em si uma coisa que não era viva, mas se mexia. Mexia cega na escuridão, cão perambulando faminto por ruas de pedras. Não lhe estava claro que estava vivo. Às vezes se sentia morto, estirado no chão, onde ninguém pudesse vê-lo. Afinal, todos estão olhando para frente, alguns para trás, porque é lá que eles ficaram.

Mas ele não. Estava estirado. Talvez a coisa se mexendo fosse vontade de viver. De que um dia fosse um dia como outro qualquer – em que andamos na rua e o vento agita nossos cabelos, enquanto a perspectiva vai nos engolindo. Por fim, decidiram que ficaria recluso em sua antiga casa, mas que Helena singularmente a renovaria. Faria um pouco de tudo que a rotina da mulher neolítica deixou. E, ao principiar o fim do dia, sentava-se a ler o que lhe fosse pedido. Junta-se a isso uma considerável remuneração que poderia dispersar em suas noites, visto que não eram reclamadas.

Em segredo, um embrião se formava. Uma parte que sofrera ablação, como um fígado voltava à vida. Assim, calando-se a queda rala, bem do fundo, brandiu uma tempestade. Inundando os campos nudos, agitando o ar que de tanto temor corria. Agora ele estava encharcado, batizado, molhando-se no jardim durante a simples tarde. Acordado, liberto da noite.

Durante todo o tempo a observava. Ajoelhava-se em sua condição e cumpria sua liturgia. Amava e amava e amava. E quanto se pode dizer sobre o amor... sobretudo os não correspondidos. Não se faz necessário dizer como era, porque a Helena, que aqui tratamos, não existe. Ela é a Helena de um sonho... impecável, intocável, irreconhecível. Nem se pode dizer que se chamava Helena.

Mas a vida não se desenrola lá pelos céus, onde nossos delírios estão a brincar com os serafins em meio às benções de um Pai. Ela sai cantando aqui embaixo sua polifonia infernal. E nossos ouvidos, para que não se firam devem ensurdecer cada nota.

O velho estava surdo. Ouvia apenas a música de seu caminhar, da casualidade de seus gestos, de cada olhar vazio, de cada mimo pago, de cada minuto que milagrosamente se embelezara.

E morreu assim em cima de seu Rocinante, porque sentiu o abraço de Helena – o último abraço. E infenso à dor que o comprimia, enquanto era socorrido, sentiu a doçura no seio macio, macio como fruta madura.

# Lucrécia

*A Fernando Mariz Masagão*

Há uma crença, da antiga Europa setentrional, de que os atos mais violentos e as ocorrências mais bizarras se dão à noite, porque é na escuridão que andam os mortos. Já não se habituam à luz. Talvez por estarem acostumados ao breu da cova. O porquê dos Godos acreditarem que as almas perdidas engendram crueldades eu não sei... talvez por inveja. Mas a idéia de que o palco de tais acontecimentos sejam as horas da noite, parece convicção universal. Todas as histórias dos que já não vivem, se apresentam para todos nós como algo categórico – que se passem no escuro, obumbradas. Não admitimos o terror à luz do dia. Disse-me meu pai, certa feita, que a noite esconde todas as vergonhas.

Ao sul da linha do equador, na realidade tórrida dos trópicos, existe uma casa onde a tristeza e a solidão são ainda mais frias, mais gélidas. Isto porque, lá viveu até seu oitavo ano uma menina de nome Lucrécia, e é justo este fato que torna esta história uma nota.

Há muito, um senhor Giuseppe, que embora grande escultor, optou pelo anonimato para melhor prover a família que tão intimamente amou; há muito, nem ele, nem sua mulher moram lá. Estão mortos. Desde que a vida o abandonou naquela tarde morna de março, a casa não é de ninguém. Assim, foi mantida pó a pó.

Perderam a filhinha Lucrécia para uma doença que motivara os ossos a saltarem escandalosos por dentro da carne, que lhe suprimira as maçãs do rosto e que lhe tirou a vivacidade dos seus olhos como a tirara de suas pernas infantes.

Seu leito de morte não foi sua cama, em seu quarto, onde o pai acreditava que deveria ser. Morreu aos treze dias de um maio remoto no Sanatório Espanhol assistida pelos seus pais e por uma enfermeira que ministrava o soro.

No dia de sua morte recebeu a visita do tio que a batizara – um tio de paradeiro desconhecido, tal como o Jules, de Maupassant. E como com aquele, também com este, surgiram junto a seu desaparecimento, histórias grávidas de outras histórias. Mas nunca puderam constatar nenhuma das verdades, pois a menina estava só quando ele a visitou. Souberam do fato porque Lucrécia, ajudada pelo médico, lhes contou tão logo chegaram naquela triste tarde. Corroborando, havia uma caixinha de finos entalhes que forjavam na madeira miúdas bailarinas equilibrando-se num sustentáculo sob o qual pendia uma cordinha. Ao puxá-la podia-se ouvir *claire de lune*. Uma delicadeza que ele havia levado. E como ela muito gostara do presente que pouco gozou, ele foi o único a ir para casa junto ao luto dos pais.

Ainda hoje, no sossego da casa, ou mesmo da rua quando esta dorme, pode-se ouvir as notas da lua para Debussy. E com um pouco mais de atenção pode-se ainda ver a pequena Lucrécia se levantar da cama e puxar a cordinha. Será que ela não tem medo do escuro?

# Língua

Mirei no espelho minha língua estendida para fora da boca. No final dela um grande túnel se abriu... pude ver então meus antepassados, suas secreções e excreções, sua mandíbula bem armada que até hoje não mudara de função, sua luta selvagem pela sobrevivência, cuja novidade para nós é a existência dourada da moeda.

Vi o perdedor quedar-se em seu canto com a derme desfalcada. Eu, meus pais, meus irmãos, nos transformamos em comida. Estava dolorido no canto azul da floresta. Caiu uma chuva para o meu espírito, mas só lavou a minha carne. Amanhã ele voltará, mas não há de encontrar-me, outros terão me repartido. Notem a palavra. Na verdade não tenho mais espírito, a chuva lavou-o também. Ele não foi repartido, nem o será. Ele simplesmente se vai. Posso vê-lo daqui de dentro da dor, da solidão. Evapora-se. Não notem a palavra. Apenas desaparece.

Só poderei escrever isto séculos e séculos depois... porque alguém desconfiará que sou eu. Agora, ou antes, muito antes, estou aqui... isto em que me tornei e a chuva. Não choram... só muito depois é que alguém poderá chorar por mim. Sincero é que não me importo. Importa-me esta dor.

Ele não se demorou. Tinha pouca fome. Deixou-me a morte como espetáculo. Então eu posso assistir, melhor do que todos os que hão de morrer, a própria morte. Daqui a alguns, muitos, muitos tempos poderei morrer de amor, se alguém acreditar que sou eu. E, ao morrer de amor, meu espírito escorrerá e eu dançarei com os anjos. Hoje tenho só a chuva, mas num longínquo amanhã terei o espírito de que estava falando.

Queria poder me arrastar para mais perto do azul, mas já não posso e, acreditem-me, há pouco estava firmemente de pé. Daqui a pouco, alguém que somente mais tarde se fantasiará em mim, ficará cansado e, para que outro algo exista, sairei da frente do espelho e morrerei uma vez mais.

# Terezinha de Jesus

*"foi à queda, foi ao chão; acudiram três
cavaleiros, todos três chapéu na mão..."*

Chore não. Não chore porque homem é como cachaça...
depois quem chora muito enfeia. Flor murcha ninguém olha e
logo cai. As pétalas se enredam, cerrando de vez a história. História que ninguém leu, história apagada. E assim Terezinha fugiu
da servidão. Se livrou daquele apego. Desapegada, riu de tudo.
Conselho ouvido. Sem ganhar ou perder, só riu. Inda achava
que encontraria sua cachaça... riu tanto que chamou mandinga.
Coisa braba que falaram. Foi vez que Terezinha não riu. Gente
que não ri é perigo.

Bonita não era, mas feia não ficou. Conservou o viço até
adiantada. Conselho pegou. A servidão sumiu na estrada atrás
do riso e a mandinga no torvelinho. Tanta coisa... o sol que se
põe, a roupa que seca, a noite que chega, o medo que vai, a
amiga que chora, a chuva que cessa, a cama arrumada, o sono
possuindo, a comida pra fazer, a festa de São João, o coração
aflito, o banho de rio, a mãe que morre, o pai que adoece.

Não que vez em quando não batesse aquele nada no peito; aquele medo de sumir do mundo. Será que Deus conhece o nada? Mas seguia assim, cruzando os caminhos já cruzados, sufocando a dor de si. Rindo. E como não murchou conseguiu pé que a levasse. Viúvo, gentil-homem, veio pra nossa terra fugindo daquele apego. Achou Terezinha, achou um porquê. E ainda teve quem disse:

— Véia num casa, véia é velha. Véia conta o tempo, esperando a morte. Sorte num pega em barra de véia não. Sorte é doença de moço.

Mas Terezinha teve vontade maior que o medo, outra doença de moço. E Terezinha começou a receber os presentes, porque ia era ter festa grande. Me chamou e fez cara de tranqüila e falou no tanto:

— Eu acho que vou morrer...

E meus dentes se abriram da cara pura de Terezinha. E disse pra num agourar não. Eu vou morrer. E quero que você entregue tudo ao noivo. Num calou até eu prometer. Prometi.

No dia do casamento tava bonita e alegre – grinalda e noivo gostando. Padre fez o trato. Foram pra festa. No caminho aqueles carros abertos que agora não me alembro do nome virou na estrada lisa e só Terezinha caiu e bateu a cabeça. Ninguém chegou na festa, mas Terezinha não chegou em casa. Agora contando o caso, ouço ainda das tumbas do passado a coisa braba que falaram:

— Casa, mas não vive.

# Correspondência

*"O devir já é inocente."*
(Friedrich Nietzsche)

Sei que coisas têm acontecido com você. Nada mais óbvio que o movimento. Mas queria ter notícias suas, e não que se lembre de mim só quando tudo está mal. Tenho saudades de viver, tenho saudades de ser você. Do seu papel, hoje, só me sobram as notas. Aqui, as luzes estão sempre apagadas, as cortinas sempre cerradas. Vez ou outra você se lembra de mim, mas nunca é como num dia de estréia – é ainda mais frio que um ensaio. É muito estranho viver morto, mesmo que eu não conheça outra forma de vida.

Lembro de você a toda hora, meu corpo vivo e aberto sente todas as suas feridas; lembro de você a cada instante que passa, a cada chuva que desaparece num céu azul. Quando você morre, eu que ainda nem consegui morrer direito, tenho que estar nascido. Mas você sabe que nunca morre. É o que disse.

Todo o meu eu o carrega nos braços e também nas pernas e também no dorso. Às vezes se apodera de mim e assim volta, e eu é que estou sendo morto mesmo estando vivo. Nossa relação é secretamente doentia, você é minha força e minha fraqueza. Eu nada sei sobre meu nascimento, nem quando vou me retirar, ou mesmo se existo... você me deixou a idade das crises e respostas engavetadas na poeira. Alguns me dizem que só eu existo. Mas nós sabemos que bem no fundo de mim anda você. Às vezes penso que só você existe, pois tudo se conta por você, mas a cada vez que sangro ou rio, sinto como estou.

Gostaria de saber o que de fato o incomoda. Tudo o que lhe disse, imagino que saiba, pois sou seu filho, além de ser sábio por tua antigüidade. Quanto a mim, confesso-lhe que ele é quem me incomoda. Não o conheço porque, embora venha de mim como vim de você, não tenho sua sabedoria. Embora sofra sua velha ferida, não trago bem marcado seus melhores ensinamentos, porque ajo com pressa. Acho que a pressa é dele. Acho que ele quer me matar. Mas ele é como um delírio... nunca chega, nunca se realiza – está sempre me amedrontando com seus rugidos vindos detrás da porta.

# O espinário ou uma história de sinestesias (Uma alegoria)

*Para Alberto Messias*
*e Aieto Manetti Neto.*

Olhando por entre o pétreo, através do impermeável, viu a reverberação das ondas. No azul inconfundivelmente verde do mar, viu os gritos de um pensamento. Ele estava ali, ao lado, sentado sobre as rochas investigando o mar... serenamente... e de dentro da serenidade estava gritando. Gritando tão alto que nem percebeu o menino se aproximar. Gritava angústia, gritava júbilo. Farejava cores e reminiscências.

Afrouxava o peito que daí a pouco apertaria. Descia para as enxovias de um estado, de um dia, de um instante que nem mesmo a aurora veio despertá-lo. Depois subia para encontrar no ar a leveza dos seres com asas. Despencou ao útero materno, e pensou duas ou três vezes nos olhos de Lisandro.

Queria uma forma, uma fôrma. Havia em demasia na altura verde das flores, na espuma rasteira de Possêidon, no eco das ondas quebrando no coração.

O menino gritou um ai ardido e sentou-se. Parava para poder continuar. Agora salvo do abismo onde caía, num susto sublime, fora despertado, por aquele que, sem gemidos, livrava-se do agressor. Ele se aproximou sorrateiro e ficou olhando-o, como ainda há pouco olhava para si. A criança, que vadiara o olhar por um segundo sem dor, deu com ele em concentrada dissecação.

— Por que me olhas?

— Não... não... peço-lhe que continue a livrar-se do espinho.

O menino teria facilmente, sem questões, aceitado – não fosse a inclinação do pedido.

— Primeiro me responda.

— Deixe sua perplexidade e apenas continue seu ofício. Desobrigue-me de responder, faz-me servo quando me pergunta. Ademais, você não quer livrar-se da dor?

— Da dor, senhor, já não posso me livrar...

Desejava a forma do menino, porque nela havia o que há pouco havia nele. Um poder de dispor de si, de meter-se na inconstância da vida com os pés desnudos e depois em respeito a esta disposição, ou porque dela já não se pode prescindir, resolver-se.

Era um artista e, como tal, investigava do mundo a beleza. E o que era a beleza senão aquilo que agrada aos sentidos e a razão endossa. Já o outro era uma criança e investigava do mundo o mundo. Quis saber seu nome. O homem apresentou-se, mas explicou que o tempo apagaria, com grandes possibilidades, seu nome, como fizera com os nomes daquele povo, cujo deus crocodilo tanto os acariciou, devorando seus filhos mais novos – Que bizarra imaginação engendrou aquelas formas sem paixão, sem ira, sem medo?

— O que tanto vê nas formas?

— Eu vejo o fogo de Prometeu escorrendo como incêndio em oliveiras; vejo Zeus a chover em suas belas mulheres; vejo o pudor no seio de Afrodite; vejo o vôo preso nos pés do discóbolo; vejo os olhos de Lisandro a beber-me sedento, vejo minha mãe... vejo a noite cobrindo o dia e libertando os homens. E em meio a tantas flores, calço feridas rubras.

Depois se foi criança. Pôs-se a caminhar com o dano do destemor, com o resultado de saltos desvairados e sem peias. Flutuou para casa sob um fado que os prescientes não conseguiriam evitar. Era porque enoitecera. O escultor, por outro lado, seguiu pensando nessa inevitabilidade, nessa geografia sem cercas dos plenos, dos que não se dissolvem pela fisiologia do caminho. E se riu, cheirando os raios do luar. Faria o menino pela manhã.

A vozearia esbarrou na caneta, que saiu rolando até o altar do menino. Falavam de sátiros e avisos, contavam as histórias que coloriam aquele objeto roubado. Mas ele já havia metido seus pés desprecavidos e não saía indene. Pegou a caneta e logrou a rua sozinho, que é como se sai.

# A sombra

Durante todo dia, uma chuva rala e fria chateou a cidade. O sol, que as crianças, os pássaros, as roupas e outros tantos esperavam, não surgiu. E a formosa manhã, que a primavera tanto merecia, não veio para iluminar as primeiras folhas; era como se o inverno estivesse preguiçosamente distraído. As doze rotineiras horas do dia, embora conservassem sua exatidão, pareciam multiplicadas, isto por que o aspecto mórbido do cenário e a ordem de tédio as transformaram em vazios anos. Dona Amália, contudo, não percebeu que a natureza impiedosa desagradava.

Esteve por todo o tempo metida nos afazeres domésticos, com uma dedicação que não mudaria em séculos.

Pela manhã, vigiara a diarista a cada móvel espanado. Atendera aos poucos telefonemas com firmeza e brevidade e tomara nota dos poucos recados, embora não fosse esquecê-los.

Às onze horas descera até o empório. Fora pessoalmente pois, além de ficar bem próximo, era preciso advertir ao comerciante sobre a má qualidade dos últimos frangos. De volta, ofereceu à ajudante torradas com geléia, broa e chocolate quente.

Não cuidou em fazer nada, porque ele não viria mesmo para o almoço. Depois se sentou defronte à televisão, enquanto um novelo morria a seu pé. Disto cuidou até o fim da tarde, olhos e mãos aprisionados no ponto inglês.

Pontualmente às seis horas, pegou de um terço e pôs-se a dizer com a fé do hábito a oração que o catecismo lhe ensinou. Fê-lo com extrema devoção, pois não havia mesmo refúgio para seus pensamentos. Terminado o exercício foi preparar o jantar. "Seria bom algo quente e rápido."

Ele chegou quando tudo já estava pronto. Beijou-a, enquanto ela o apalpava para descobrir o quanto se molhara. Só ao sair do banho, notou o que comeria.

Sobre a mesa, um par de pratos estavam dispostos sem romantismo, cada qual na solidão dos seus pólos. Ao centro erguia-se uma sopeira abrigando um caldo denso que, por sua vez, aos restos de uma galinha esquartejada e insossa garantia fácil flutuação.

— Eu sei que você não gosta, mas é preciso. Você tosse muito! Eu sei que não o incomoda. Nem a sua tosse, nem o incômodo que ela me traz. Mas a mim, sim... por falar em incômodo hoje eu tive a desventura de ver aquela mulher.

— Qual mulher?

— Qual?! A mais desavergonhada delas. Qual?! Maria Luiza.

— Onde?

— No armazém. Estava com o filho.

"Meu Deus, será ainda tão bonita? Aqueles olhos... os cabelos cacheados."

— Não se parecia nada com o pai... com certeza...

"e terá ainda aquele riso esfuziante... tão clara... tão luzidia..."

— ...nadinha.

— O que a senhora está falando?

— A criança. Nem com ela. Danada!

"Parecia a mulher mais feliz deste mundo. Talvez agora assim eu também estivesse, e ainda com este filho... este que não..!"

— O que a senhora está querendo dizer?

Um ventinho frio intrometeu-se na conversa. E embora ela não precisasse fugir da pergunta, não perdeu a oportunidade de livrar-se dela. Ademais, não se fazia necessário voltar àquele assunto, pois a semente já havia sido lançada em terreno que outrora fertilizara.

— Vou fechar as janelas.

"Adúltera? Adúltera. Toda aquela beleza alegre não poderia ser mesmo encarcerada. Não fosse mamãe..."

A velha voltou já percebendo os ares da sua glória. O filho estava com o olhar fragmentado como a porção sólida da canja, e as suas mãos espalmavam-se desfalecidas sobre a mesa.

— Já está satisfeito? Coma um pouco mais.

Mas ainda faltava algo para sua plena realização. O rapaz precisava reconhecer positivo e grato o mérito da mãe. E não apenas, em um gesto, trancar em si o terror da confirmação. No momento em que ela pensava num jeito hábil de retomar o assunto, ele a presenteou:

— Como pôde me avisar ainda tão cedo?

— Avisar sobre o quê?

— Sobre Maria Luiza.

— Ah bem... aqueles olhos verdes, aquelas roupas desleixadas... e o riso... ah... um riso exagerado.

Dona Amália se levantou, tirando os pratos e os talheres. Empilhou-os ao lado do rapaz e transferiu as mãos ao seu rosto, beijando-lhe a fronte.

— Uma moça distinta não ri daquela forma.

Ele então se lembrou do riso escandaloso de Eva. "É verdade!"

— Não se preocupe, querido. Você ainda tem muito tempo.

A senhora levou os pratos para a cozinha e pôs-se a lavá-los em silêncio. Estava trancada em sua imensa satisfação. O casamento lhe dera aquela franca e perpétua companhia, e a viuvez a poupara ainda jovem das obrigações incômodas do amor.

Ele uniu seu rosto à vidraça da janela. Então percebeu com alegria que a beleza insistente da lua rasgou a triste cortina dos nimbos, e aos poucos as estrelas se distribuíram pelo céu. Comunicou-lhe que já podia sair, enquanto se arrumava.

— Estes jogos da repartição estão acabando com você.

— Não demorarei.

— Vá, mas leve ao menos o guarda-chuva. Pode voltar a chover.

A porta da sala foi decididamente batida. A mãe correu à sacada para vê-lo. Lá estava ele, movendo-se em passos largos e tímidos, com o guarda-chuva dependurado no antebraço esquerdo. Assistido pela única progênie, e pelo menor luzeiro do quarto dia. Velado pelo breu da noite, confundido, anônimo. Sem o rótulo do celibato, livre das alcunhas incestuosas, rumo aos mercenários braços de Eva.

# Do que ouviu Horácio

*Para a mais zelosa das mães*

Um bafejo de vento veio tocar meu rosto, falando-me baixinho de cansaço, de tédio, de frescor, falando-me de tudo; de coisas do céu em linguagem de terra. Eu, encostada sem jeito, vinha desfalecendo sob o calor desde a Praça da Sé. Ela entrou três pontos depois. Um perfume pernicioso invadiu minha solidão, fora então que resolvi mirá-la.

Encontrei um rosto bem maquiado, em razão de uma juventude que não se quer esquecer, de uma beleza que imprimira na alma um passado, uma identidade. Veio sentar-se diante de mim. Impedia-me de olhá-la como a qualquer estranho, que posa para nossas curiosidades e especulações. Ela, contudo, olhava-me fixamente.

Num descuido, num olhar que distraído se demora, entrei por seu algirão. Ela sorriu em vitória, por encanto rejuvenescida. Disse em tom grave, olhando ainda sem tonturas: " Você é bonita... muito bonita". Havia sedução nessas palavras.

Praguejou, numa emenda ilógica e desarmônica contra um prefeito já morto.

Isto porque me parece sofremos um achincalhe. Não que houvesse percebido, certo porém é que nossas ruas carecem de toda a sorte.

Desatou em verboso monólogo. Ia sepultar uma amiga no Cemitério da Consolação. Ia com saudades e reminiscências. Saudades e calor. Levantara bem tarde, mas estava cansada. Nunca dormia. O vizinho sobre sua janela ensaiava, num insone clarinete, a Pastoral. A amiga era Ana. Não se viam há muito. Fora morar em Sevilha e agora que voltara... bom, morrera. Mas eram muito íntimas. Dos passeios às roupas, os mesmos amigos e sonhos, realizações diferentes, cotidiano, amargura. Não iria chorar. Muito já havia chorado. Aos oitenta anos, minha querida, pensa-se muito na própria morte quando se perde um próximo. Talvez chorasse na madrugada, ouvindo a Pastoral.

Perguntou-me o que fazia. Só então emergi para a minha superfície – uma velha falante sob trinta graus esperando um ônibus mover-se em lentidão. O trânsito sufocava, mas ainda assim estava satisfeita em reencontrar-me. Havia me perdido abaixo das águas de uma vida que não me pertencia. Choraria por Ana. Entregara-me por tédio a sentimentos alheios e eles me comprimiam contra o leito do rio.

Advogada? Certificou-se. Não parece. Parece de palco. Poderia ser Cressida ou Violaine. Assim sentada, exausta, magra, poderia ser Marguerite. A superfície agora havia sido escavada e ardia feito o asfalto sob o sol. Estava realmente cansada e precisava de férias. E se soubesse da asma e do perfume? Precisava sentir preguiça, enquanto a manhã despede-se através das sombras da tarde. Precisava adentrar questões cotidianas sem objetivos, sem culpa, sem economias.

Chegamos ao final. Ambas desceríamos na Consolação. A amizade, há pouco concedida, rompia os degraus do ônibus dividida, impossível. A rua devolvia-me a solitária superfície. Mas eu decidi por afundar-me um pouco mais. Acompanhei-a à entrada, curvei-me com um impensado beijo até sua mão rugosa. Vigiei seu caminhar vagaroso, pisando a sombra dos ciprestes. Escolheu uma perpendicular e entrou. Desapareceu por alguns instantes e teria ficado preocupada, caso não tivesse reaparecido com sua vasta cabeleira vestida de castanho escuro e a roupa vermelha dançando como o vento, que piedosamente se atrevera entre os anjos secos de pedra.

Prossegui em meu caminho. Lá estava a superfície. Ocorreu-me que jamais a mancharia com minha profundidade, que era demasiado prolixa para ser exposta. Eu não havia desenvolvido um modo de sentir com praticidade. Invejável velha. E caso me externasse, sobreviria o drama. Compreendi que sempre me calava, cuidando em não ser desagradável.

Lembrei-me que minha recente e já abandonada amiga não usava vermelho.

Senti a preocupação que antes fora evitada e precisei voltar. Encontrei-a na rua. Chegara atrasada. Dormira demais. Não deveria gostar tanto de Beethoven. Ana talvez compreendesse.

Resolvi interrompê-la, contando sobre a mulher de vermelho, o equívoco e, por fim, a preocupação. Curioso, não havia ninguém lá, disse. Ninguém. Ao menos foi o que disse o funcionário. De certo... ficou olhando absorta para o ar, não concluiu. Resolvi por fim me despedir. Fui para casa sem pensar em nada, narcotizada pelo calor, envolvida pelos semáforos e por alguns transeuntes. Agora penso nisso para não ouvir o que falam sobre a saúde da mamãe durante o jantar, enquanto olho para um copo desse vinho que me leva.

# Cérbero

O caso é curto. A conclusão é vasta e restrita como tudo o que é humano. O caso é mascarado e nebuloso, ele surge do negro da noite, da vida incessante, onde o silêncio esfarela rochas para arrastá-las pelo ar – simplesmente. A conclusão é aquilo que sente. Ela corre feito rio, acomodando-se em seu leito. A dor independe da compreensão. Por isto narro a dor à dor. Que ela ouça minhas palavras inexatas. Ouça e se aflija, para reconhecer-se a si mesma como soberana do mundo.

Feito o chamamento à lide, inicio a instrução. Noite. A abóbada, há seis horas, já descera sua melena em luto. Estrelas acenam como velhas cicatrizes no firmamento.

Cá embaixo, num mundo de tanto amor, alguém caminha sem par. Volta para casa num exercício de verdades e mentiras. Volta para casa para expirar-se em sonhos... até a manhã seguinte, onde ressuscitará para suas penitências, como matéria morta amanhece na larga e clara planície para a fome dos abutres.

A rua quase morta com desprezo a abrigava. Um homem e uma mulher, ao lado do caminho, brincavam de amor. O amor subia por seus pés, pernas indo até os lábios – lá sorria. Escorregava depois até o ventre e tremendo voltava aos lábios para o desafio.

Do outro lado da rua, ele despontava. Crescia a cada passo. O pêlo escuro, acinzentado, os olhos vivos, a baba colando na língua sem decoro. Cérbero. E como é pior enfrentá-lo, quando não se é filho do desejo por Alcmena. Que desejos tem um cão sozinho na noite?

Não poderia demonstrar medo... seria este o conselho? De quem? De todos... ou ainda, de qualquer um. Um conselho anônimo atravessando o seu caminho como o cão. Tal como o medo – anônimo – anterior mesmo ao caminho. Então o que era existir? Trazia a si, aos outros ou suportara o acaso?

Talvez tenha descoberto pelo prosseguir convicto que trazia só a si mesma. Que o medo é uma herança. Por que carregá-lo, quando havia a oportunidade da renúncia? Talvez porque ele era o caminho. Porque estava ali no calor do hálito de Cérbero, resvalando na sua perna. Tremeu.

Ele, no entanto, seguiu para outro lado da rua. Nunca intentara ferir os mortos. Estava lá, sobre os subterrâneos, para atormentar os que se atreviam a viver, foi expiar a desordem e os martírios, imantado pela sua solidão sem trégua. Foi vigiar os que se atreviam a quebrar o silêncio das horas, que eram suas, sem o toque mágico de Orfeu.

A distância o tornara agora leve. Pôde mirá-lo até o casal que brincava. Então eles pararam de brincar. A moça tornou-se séria, pois pensou o seu propósito. Mostrou-se frágil e desprotegida, pois pretendia, ao entregar-se, possuir. E gritou um pavor mentiroso, um medo não medo. Saltou no colo do rapaz que, por sua vez, para servir a seu propósito, enfrentou Cérbero.

O cão colossal se afastou. Percebeu que estavam mortos, que desde os tempos em que Tífon fora aprisionado em seu fogo eterno, a vida aos poucos foi sendo aterrada. Ninguém dirigia seu olhar intranqüilo aos céus sufocantes. Talvez o soubesse também por herança, pois a civilização abrira suas portas para aquela besta.

A mulher sozinha seguiu sentindo o vazio da espera de um outro trabalho. A lua, no fim do olhar, cobrava-lhe. Assim, porque vivia e esta mínima condição exige compreender – os céus sufocantes – compreendeu que Deus, ou aquilo que nos detém, nos dá solidão para aprendermos a sinceridade.

# Judite

Há dias em que o sol oprime até a clausura. A solidão do mal-estar. Ele vai nos reduzindo, nos secando feito a carne que hão de comer. Assim, no sadismo desta ocorrência, ele nos empurra para dentro de nós – a luz que brilha, a luz que queima. Remonta-nos a um dia de brisa e à sua saudade. Então chega o perigo. O perigo é chegar bem dentro de nós, onde há medo e escuridão, dois filhos da luz. O sol é Deus, sempre bom, sempre mau. Não queria era morrer. Morrer parecia coisa muito séria, assim como viver. Foi pensando nisto que bateu decididamente à porta do coronel.

Falaram muito para não fazer isto, que o mundo tem uma ordem. Mas é que João Silvano queria honrar sua vida com quem o mal mexera. Quando enfraquecera sob o sol, percebera que estar nas mãos de Deus já era o suficiente, não queria ficar à mercê do homem também.

— O que sei é que algumas coisas a alguns é dado ver, a outros, ainda outras... pra mim, senhor, vale o que vejo. E se isso não apoquenta, e espero que não, porque minha intenção é das mais honradas, vim dizer o que vejo. Quando vamos lá para além de suas cercas derrubar homem de outro homem, sei que vamos por vossa mercê. Sei que a paga é boa, que de nada careço. Não sei se posso carecer do que careço, os miseráveis têm muito trabalho para cismas.

O patrão passou a mão sobre a testa palpitante, qualquer palavra vinda de baixo de suas solas poderia se considerar anomalia, acidente. Preocupou-se.

— O que vim lhe dizer assim sem a certeza dos doutores, com a certeza de jagunço, que arrebenta no peito sem sair em palavrório escrevido ou nos discursos de praça, é que se o senhor nos pede o justo, se armar-se na contenda sangrando pai de algum filho pelo seu nome é o justo. Se é esta mesma a sua fé, seu credo, vem com a gente. Vem dar coragem a este homem que o medo acorrentou.

Adivinhava ou rememorava Constantino, queria no seu mando a conduta de um Imperador. Mas, assim como aquele homem cabisbaixo implorava por forma qualquer de proteção, que toda sua vida lhe negara, assim também o coronel se comportaria. Porque em ambas as vidas, tanto aquela cuja marca fora a má sorte, como aquela cujo timão fora o privilégio, em ambas havia o parceiro inapelável de todos os que se atrevem a nascer. A força aterradora que nos vem comandando sem que o saibamos.

— Seu Silvano... é este mesmo o seu nome, não é?

— João Silvano, Patrão. Como meu pai, que Deus tenha lhe guardado bom lugar.

— Que seja. O senhor já jantou?

— Sim, senhor, Rosinha nunca se demora, mulher boa, mulher de lida.

— É verdade... o senhor se casou com a filha de Seu Argemiro. Homem bom... eis um homem bom, não é, Laércio?

Este que o coronel chamava para a conversa já estava nela há muito, com seus ouvidos e com a mira do seu chumbo. Era o Homem do Homem. Não havia serviço que não lhe prestasse, não havia homem que poupasse do ódio do coronel, nem mulher, nem criança.

— Pois bem, Seu Silvano, ainda não jantei. Minha senhora e minha filha me esperam para conversarmos sobre seu noivado. Depois de um dia inteiro de trabalho cuidando de nossa terra, que é meu dever, assinando papéis e pedindo favor aos homens do poder, chego em minha casa e o senhor vem me pedir para fazer um trabalho que não é meu, e sim seu. Trabalho que o senhor conhece e faz de acordo firmado em palavra de homem, recebendo seu ordenado moeda a moeda. Me afrontando, me fazendo pensar que não sou justo, que não honro os meus deveres... Ah... Seu Silvano, isto é o justo? Repare no que o senhor me diz, repare à sua volta, trouxe algum companheiro descontente com o senhor?

— Não é nada disto, não quis lhe ofender, o senhor faz caridade de me perdoar. Quanto aos companheiros não me ouviram. Insisti com eles que o senhor compreenderia o medo que a véspera faz comer o coração da gente. Mas ficaram com o medo adiantado, como se o senhor fosse o Coronel Isaias e não um amigo.

Então o coronel sentiu o medo de um césar ao tomar seu vinho ou receber uma visita extemporânea. Sabendo que o mal não tem nascedouro certo, mas não declinou.

— Quer dizer que o senhor já jantou. Sua boa mulher fez sem atraso. O senhor tem apreço por ela. Por minha terras o senhor teve teto e conheceu o amor. Acredita que não deve lutar por elas.

— É justinho aquilo que eu disse no começo da prosa. Vim dizer como vejo. Só peço que o senhor diga que vale morrer por elas, mas diga com o dedo no gatilho, na hora da luta. Acredite tanto quanto nós, que por acreditar morreria por elas.

A conversa se estendeu ainda um pouco e o coronel pediu licença para jantar. Mas que o João esperasse, porque queria dar fim a prosa.

Então o pobre homem ficou lá sentado... sentado com os olhos admirados de tanta beleza. Dona Lúcia tinha casa bonita... e como lhe recebeu bem o coronel... patrão bom... deu pinga boa e deixou assentar no assento mais bonito. Pra que serviria aquele móvel? João ficou olhando os entalhes daquela coisa que se estendia como uma esquife pela sala, bem encostado num canto... coisa de artista... deve ter vindo da capital. Os olhos de Laércio eram ainda mais atentos, ou antes, menos embriagados. E foi aquela concentração que de tão férrea pareceu amistosa que fez João puxar prosa:

— Casa bonita, num é?

— Casa do patrão.

— Sim, mas é bonita.

O homem daí em diante não respondeu mais. Era uma espécie de animal farejador, sem serenidade de bicho que pasta. Tinha os olhos bem estreitos e alongados, as narinas se esparramavam pelo rosto, por sobre a boca ríspida. Mas o João é que esperasse para dar fim a prosa. Dia cansado, noite escura. O João é que esperasse. Era o preço de estar lá. Esperar o destino é o destino do homem.

A porta se abriu, mas não foi o coronel que saiu, foi o Laércio com suas narinas curiosas é que entrou. O resto já se sabe. A boa pinga acalmou o peru. Depois o homem do homem saiu a carregá-lo para casa.

Rosinha, que esperava o marido, encontrou-o no outro dia. Os olhos tranqüilos, a boca com cheiro de aguardente e sangue. Tombado no chão. E em cada parte do corpo que aos prantos ela beijava, estavam sem simetria as flores de pólvora. Depois da contenda, Laércio poderia pegar seu pagamento – a Rosa. Mas ela já não estaria lá.

# A última piada

São quase treze horas. Caminho como uma folha dança estúpida no ar – nas mãos do vento, nas mãos do acaso. Os meus pés incertos e fracos conduzem-me a uma sala escura. Sento-me, deixando à minha direita o primeiro lugar vago. Faço-o por hábito, por fé, por amor. Entendo que espero por uma pessoa para ocupá-lo, para que eu sinta a sua respiração ofegante ou calma, devendo proibir-me de voltar os olhos a ela. Então, por um frágil segundo, pensarei que ele está ao meu lado.

Acima das cabeças anônimas e das vozes trançadas, a fita começa.

A vida – como ele dizia – está toda aí nesse espaço, nessa grande trama de fibras, nessa exploração do marrom, nesses olhos e nessas bocas. Estava errado. Ainda não vivera o suficiente, estivera sempre lá, dentro.

Queria saber o que diria sobre a cena da montanha. Lembro-me daquela ligação tardia, no mês de abril: "— Meu amigo, você precisa ver a última piada do Bergman!" Não nos víamos desde a semana Antonioni.

Assusta-me também; mas para ele todas as verdades da condição humana, por mais que nos afastassem da tranqüilidade, ganhavam logo o contra-senso dessa expressão.

Tenho vontade de ligar para falar da cena da montanha. Para lhe dar notícias da doçura do mundo em foco, da beleza daquelas árvores canadenses.

As letras começam a sorrir metodicamente na estrutura dos nomes. Percebo, agora, que o desconhecido sentado ao meu lado não abraçou a minha saudade. Fecho os olhos até que todos saiam; não quero que vejam meus olhos marejados.

O sentimento que, se apoderou de mim, não era pelo filme, mas me fez vê-lo ainda melhor. Acredito que o vi além dos braços nus da linda atriz, além das montanhas de Charlestone, além das novatas mãos do diretor. O mesmo sentimento que me fez retomar a posição de folha e seguir irracionalmente até a necrópole.

# O homem de gris

No momento de cerrar os olhos num ato derradeiro, sentirei apenas o medo e o mais inútil dos desejos – o de não morrer. Não lembrarei os lugares e os instantes onde estive sem a tenacidade que atrela a aranha à teia para garantir-lhe o pouso e o sustento. As sensações vulgares ensurdeceram-me à proibição da vida de que sejamos fracos e imprecisos. Apenas estive. Não pesarei as pétalas e os espinhos, somente desejarei a ambos, como ar, como elemento essencial, como vida.

Era mais ou menos o que lhe ia pela cabeça, enquanto a abraçava o sol de uma manhã leve. Fora à varanda por rotina tediosa, adquirida há tempos, por preguiça, por frio. A rua estava quieta. Somente transeuntes desconhecidos avizinhavam-se de seu silêncio, de sua morte.

Um homem de gris passava como um aluno do Liceu, olhando para cada dura e inábil pedra como se olhasse para a esperança. Da perspectiva que seguia surgiu com saltos sonoros e apressados, uma mulher. Como muitas, não poderia adivinhar as convicções schopenhaurianas para seu decote e se encheria de vaidade com os gracejos sem classe que ouviria até à estação.

73

Enfim, um rosto íntimo se esticava do largo solar para ver a moça irreverente. Era dona Alice, despejando-lhe silente vários impropérios. Certamente, sob o calor do despeito e da manhã. Fora gorda e gentil, e tornar-se magra e infeliz custou-lhe algumas pensões e um rim.

Voltou-se para as suas orquídeas. Sempre irrepreensíveis. Irrepreensível como gostaria de sê-lo por seu pai, por seu marido, e um pouco, feito valor de esmola, por si mesma. Hoje levantara pensando em morte – repreensível. Poderia ter pensado em pastéis. Pastéis de Santa Clara. Mas pensara em morte, na mais certa delas, a sua própria. Aquela que a encontraria em qualquer tempo e espaço, como a vida engenhosamente sempre a encontrara. Num cigarro solitário, na ociosidade da cama, no misterioso sono de seu par. Lá estava ela com suas aduncas e provocantes garras, arrancando-lhe uma palavra, uma ação, uma dor. Já a outra, a dama sem data, viria fria e inexorável, com mãos indolores e sem exigências, de quem já caçou e carrega o nada.

Olhou suas mãos alvas e lisas; por sorte não haviam envelhecido. Era preciso furtar-lhe a juventude para o coração, afim de que a alma não morresse antes do corpo, pois ela tinha o mais intranqüilo dos deveres – o de conduzi-lo ao perecimento.

Um dia falaria a Otávio que queria um grande e branco sepulcro para que os filhos, que ainda esperava ter, não se perdessem aos sete dias de março nem nas periódicas visitas aos finados. Precisava contar-lhe que adorava as margaridas e o quão combinavam com a alvura do jazigo e a transparência das lágrimas...

De súbito, lhe pousou com asas negras a idéia de que ele a deixasse. As faces ruborizaram-se quentes e os olhos inundaram de saudades.

Ele tinha a justiça e os injustiçados, os jogos com os amigos, a solidão de várias mulheres e o *scotch*. Ela só teria a devoção que sempre tivera, com a agravante de que o objeto adorado não estaria mais na possibilidade das mãos, e sim envolto pelo frio e pela escuridão, designado à voracidade de seres menos apaixonados do que ela... mas que tolice... tão novos...

Levantou-se para livrar uma pétala de nódoa fresca. Na medida em que esmagava seus maus presságios na face da flor, um burburinho cresceu na mudez da rua. A confusão se desenrolou rápida e inexplicável como as cidades, os jogos de azar, o reino animal. Um projétil, expelido por um ódio antigo ou por uma recém parida ira, irrompeu no seu caminho de sonhos e pesadelos.

Um observador atento perceberia que daquela varanda obtusa e arejada, nossa moça concluía a sua vida aos trinta anos. Recebendo tal como equívoco destinatário, uma bala sem nome.

# Especulação sobre Deus

Estamos num tempo em que as ações são as únicas palavras e as estrelas não passam de pontos no infinito. As folhagens mais verdes que o verde cobrem ossos sem nome, que o tempo e os estudos hão certamente de batizá-los dentro de uma língua que pretenderão morta. O firmamento se debruça no horizonte durante as tardes na terra; enquanto os homens lá embaixo temem o estirão do fogo se aproximando.

Durante o dia, homens e mulheres se atiram à luta contra a fome. A caça é repartida. Depois, juntos sairão à procura de mais ventura, abrirão caminhos, golpearão feras, descobrirão campos e prados, e destes não deixarão que reste uma só flor.

Amam-se sem segredos quando todos se refugiam no oco das grandes pedras cravadas ao solo, protegendo-se das múltiplas lágrimas que o céu verte pela terra dilapidada.

Vivem sem dor, alegria, crença, escrita ou fala. É tão-somente a estrutura bípede, os olhos expressivos, os dentes menos pontiagudos e o derma escassamente camuflado de pêlos que vão aos poucos os diferenciando dos bichos.

Passemos a observar o homem que, após o fim da chuva, sentou-se à margem do acampamento. Sobre uma pedra arredondada com o corpo semi-ereto, ele mira as estrelas. Agora entende que os miúdos pontos no espaço brilham como as águas do rio em que se banha. E que ao lado dos pequenos pontos há uma deusa de prata, que desaparecerá com o vir da manhã. Ele ouve a voz dos animais alados e o cochicho das plantas, aí compreende que há música no mundo.

Existe nele uma necessidade de fugir de si mesmo. Deseja se lançar a um abismo sem fim, repleto de piedade. Encontrara a mulher que amara ao meio-dia, possuída por outro durante a queda da chuva. A normalidade da prática havia, pela primeira vez, violentado seus sentimentos, ou ainda, aguçado-os. O homem paleolítico, que até então vivera para a coletividade e jamais se importara em dividir a carne, o chão e as glórias, tinha o peito confrangido e os olhos molhados pelo ciúme.

Não poderia repartir a fêmea cor de bronze, que lhe dava um prazer maior que todos os outros; não permitiria que outros tocassem aquele dorso como o couro das reses que assassinavam sob o testemunho de um sol inocente – famintos.

Estava frágil, arrebatado. Queria desaparecer, como acontecera a alguns rostos familiares de que já não se lembrava mais. Precisava receber o abraço do seio materno perdido na última amamentação. Queria aquele imperecível de que falará aos muitos séculos Espinosa; aquele a quem devemos votar um amor infinito... mas queria ser amado também. Queria acreditar que havia um lugar desconhecido, onde tudo duraria em doce e imutável verdade. Bem longe, acima das estrelas, atrás da lua – onde mais tarde, sem que ele o soubesse, ensinariam que estava Deus.

# Posfácio

*Ao Professor Bruno*

Entre a teoria e a prática é que alguns vão vivendo. Assim posso lembrar-me, em uma referência mediata a Borges, do enigmático Swedenborg; ou do atrevido, Maquiavel, que dominou a todos, graças a sua capacidade de reinvenção.

Quando se entrega um livro ao grande público espera-se sua melhor prática, e à hora de sua confecção sua melhor teoria. Porque algo se criou, na busca da excelência (só os que nascem da força desse propósito é que devem ser considerados criação, tudo o mais é anomalia, presunção, ou vexame).

E tudo o que é criado deve ser distribuído. Os quinhões de todos se entrelaçam, numa irmandade inefável. Negar-se-á sua existência. Mas, somente os cegos de luz e os surdos de música; somente os que usam sua fala para o horror e para o grotesco inútil. E para azar do mundo atam, por seu número, parte importante da realidade dos laços. Trabalham para o vazio que carregam em suas vidas de miséria. Desconhecendo seus verdadeiros senhores. Toda produção deveria ter e ver no homem a sua finalidade irrestrita e quase sacra. Uma obediente e amorosa faina. Pois mesmo a irracionalidade ansiosa do bicho nos dá o mel e a seda.

À guisa de bom artesanato e invocando a Mera, entrego-te a ponta do fio. E acreditando o melhor de mim e de ti, caro leitor, é que te pergunto: Aonde chegaste?